U0112458

日本古典女性日记

后浪

更级日记

著

[日] 菅原孝标女

译

郑民钦

插图版

江苏凤凰文艺出版社
JIANGSU PHOENIX LITERATURE AND
ART PUBLISHING, LTD

图书在版编目（CIP）数据

更级日记：插图版 /（日）菅原孝标女著；郑民钦译 . -- 南京：江苏凤凰文艺出版社，2022.10

（日本古典女性日记）

ISBN 978-7-5594-6967-0

Ⅰ . ①更 ... Ⅱ . ①菅 ... ②郑 ... Ⅲ . ①日记 - 作品集 - 日本 - 中世纪 Ⅳ. ① I313.63

中国版本图书馆 CIP 数据核字 (2022) 第 114478 号

更级日记（插图版）

[日] 菅原孝标女 著　　郑民钦 译

编辑统筹	尚　飞
责任编辑	曹　波
特约编辑	毛菊丹　许明珠
装帧设计	墨白空间 · Yichen
出版发行	江苏凤凰文艺出版社
	南京市中央路 165 号，邮编：210009
网　　址	http://www.jswenyi.com
印　　刷	天津图文方嘉印刷有限公司
开　　本	787 毫米 ×1092 毫米　1/32
印　　张	5.375
字　　数	80 千字
版　　次	2022 年 10 月第 1 版
印　　次	2022 年 10 月第 1 次印刷
书　　号	ISBN 978-7-5594-6967-0
定　　价	228.00 元（全四册）

江苏凤凰文艺版图书凡印刷、装订错误，可向出版社调换，联系电话 025 - 83280257

我在东路[1]尽头[2]更深僻之地[3]长大，何等浅陋无识，不知缘何，闻世有物语，乃思读之，不能自已。时于白日、夜间听姐

1　东路，从近江的逢坂通往东国的东海道。——本书注释均为译注。
2　东海道的尽头是常陆国。
3　指父亲任职之地上总。

姐 [1]、继母 [2] 等讲述各种物语 [3] 以及光源氏 [4] 之片段，阅读之念日炽。然仅凭记忆讲述，听之未能满足，心中烦恼。乃制等身大药师佛 [5] 一尊，于无人之时，净手悄然入内，虔诚叩首，跪拜祈祷："盼望早日上京。京都定有众多物语，我将尽数阅读。"终于十三岁时年 [6]，一家准备上京，九月三日搬出 [7]，移居今馆 [8]。

1　作者的亲姐姐，大作者四五岁，婚后生有二女，治安四年（1024）早逝。

2　春宫权大进高阶成行之女，称上总大辅，与菅原孝标结婚，随其在任职之地。作者之亲母留在京都家里。

3　当时已有《伊势物语》《大和物语》《竹取物语》《宇津保物语》《落洼物语》《源氏物语》等。

4　光源氏，紫式部著《源氏物语》的主人公。

5　药师佛，药师琉璃光如来。《药师经》云："本行菩萨道时，发十二大愿，令诸有情所求皆得。"虽言"制"，恐非亲手制造，乃令他人雕制木像。

6　孝标于宽仁元年（1017）任上总介，宽仁四年（1020），在作者十三岁时回京。"介"相当于"国守"。

7　并非直接启程回京都，而是选择吉日出门，移居别处一时，再正式上路。似为当时地方官员交接的习惯。

8　今馆，一说地名，一说临时移居而新建的官舍。

二
出
门

　　数游玩熟悉之所，尽行拆卸，自外面仿佛看见里面[1]，人声喧吵。日将没时，浓雾弥漫，即将乘车离去。乃凝视屋内，曾于无人之际悄然叩首跪拜之药师佛像，就此弃置不顾，不由悲从心来，黯然泪下。

　　移居之处，四周无墙，茅屋数间，窗上无板[2]，只好遮挂幕帘。南面原野，伸向遥远处，东西皆近海，景色甚佳。晚雾迷

1　因为屋子里的东西尽行搬走，从外面仿佛能看见里面空荡荡的房间。

2　窗棂的一面应有上下两块木板，可上下拉动，以遮挡他人视线和避雨。

离，富有情趣，遂早起四处眺望 [1]，想到即将离开此地，不禁心头悲切。是月十五日，雨降天昏，乃出国境 [2]，宿下总国之"いかた" [3]。大雨瓢泼，大有漂浮陋屋之势，惊恐不安，未能入眠。远望原野之中，小丘之上，唯树三棵。

翌日晾干被雨水淋湿之物，等待后来之人 [4]，一日无事。

---

1 晚雾与早起似乎矛盾，似指残留于拂晓的昨晚浓雾。
2 国境，指上总与下总的境界。
3 疑为"池田"。今千叶县寒川町、登户一带古称"池田"。
4 大概指在上总收拾东西晚些出发的人们。

十七日清晨出发。昔下总国有"滨野长者",传织布千万匹。欲访遗迹,乃乘舟渡过深河。往昔之门柱至今尚存,四根大柱,立于水中[1]。闻一行人们吟咏和歌,我在心里也作一首:

如无河里不朽柱,焉知遗迹在何处?

是夜宿"黑户滨"[2]。原野辽阔,山丘缓缓起伏,白沙铺展

1　大概由于洪水等,河道改道,淹没水中。

2　"黑户滨",地名,似为今千叶市黑砂町的古名,稻毛与登户之间的海滨。

远处，松林茂密，月清如水，风声沁入心间。众人起兴，吟咏和歌。我亦歌一首：

赏月黑户滨，今宵不睡眠。
金秋月色明，不赏何时有？

《备后国观音佛寺》，歌川广重 绘

　　翌日清晨出发，宿下总国与武藏[1]交界之太井川[2]上游名叫松户渡[3]之渡口。一夜辛劳，方将各种物什搬至对岸。

　　乳母[4]失其夫，于国界生下一子，遂独往京都。我颇恋之，欲往探看，兄[5]抱我（骑马）前去。虽说众人皆住临时搭建之

1　武藏，今东京都、埼玉县以及神奈川县部分地区。

2　太井川，江户川的下游，在下总国。从下总与武藏交界处流过的是隅田川。此处可能是作者记忆的错误。

3　似指今松户市。

4　指作者的奶妈。

5　此处底本旁注"定义"，菅原定义（1002-1065.2.4），作者菅原孝标女的哥哥，比她大六岁，日本平安时代中期贵族、学者。官位从四位上大学头。

陋屋，但还遍挂幕帘，以挡烈风。乳母已失丈夫，陋屋尤其残破，屋顶只铺一块草席，月光遍照屋内。乳母外罩红衣，躺卧褥上，表情极为凄楚。月下姿态如此洁白清秀，实与其人不合[1]。乳母甚感意外，几次抚发哭泣。我觉可怜，不便离去，然急切盼望兄抱我回去。心虽不舍，怜悯其境，却也无奈。眼前闪现乳母面容，悲伤愁闷，郁郁而卧。

---

1 指乳母的清秀姿态与其身份不合。因忌讳分娩污秽，故乳母离开众人独自
  行动。

翌日清晨，车载于舟，运渡过河。送行者皆停车对岸，即将回去[1]。上京众人立于岸边，为其送行。行者与送者皆泣，我幼小之心亦觉凄然。

今入武藏国。未见风景佳处，海滨沙子不白，黑如泥，闻原野生长紫草，如今唯见芦苇、胡枝子蓁蓁茂盛，乘马持弓行进其中，草木高密，淹没弓尖。有竹芝寺，远处之"は

---

1 作者过河后回头看对岸，从上总国一直送到此处的人们就要回去。

はさう"[1]处有走廊地基遗迹，便问道："何处？"

有人答道："此地古称竹芝。听说有一本地人，在宫中担任燃火卫士[2]。一日打扫殿前庭院，自言自语道：'何必干此苦活。我国[3]自有甚多酒坛摆列[4]，酒坛上面之勺子[5]能随风倒，南风吹则向北，北风吹则向南，西风吹则向东，东风吹则向西。如今看不见这些，却在此受苦。'此时，娇生惯养的公主正独自站立帘旁倚柱观望外面，闻此言，大感兴趣，不知何瓢如此随风倒，乃掀开玉帘，道：'此位男子，汝过来。'男子诚惶诚恐趋至栏杆前。公主道：'刚才何言，重说一遍。'男子复述一遍，公主道：'带我去看。'男子虽觉可怕，又认为如此恐也是前世因缘，乃背公主而去。自然担心有人追

---

1 "ははさう"，疑为地名，不详。

2 燃火卫士，宫中、院、女院、后宫、东宫等的警卫，焚烧篝火夜间值勤。

3 我国，指武藏国。

4 并排的酒坛下半截埋在地下，酒坛多则象征家庭兴旺繁荣。

5 勺子，即葫芦瓢。

赶，当晚过势多桥[1]，将公主置于桥下，转身毁桥约一间[2]，跳跃过桥，复背公主奔走，七日七夜，抵武藏国[3]。

"皇帝、皇后见公主不在宫内，着急寻找。有人禀报说：'武藏国卫士背着一个很香的东西如飞而去[4]。'帝命寻找，不见此人。谅此人肯定已回故国，帝派使者迅即追赶。使者来至势多桥头，见桥已破坏，不得以过。辗转三个月后方抵武藏，寻找此卫士。公主对朝廷使者道：'我命该如此。是我想看此人之家，命他带我来到此地，他才带我而来。我住在此处心情舒适。如罪罚此人，使其受苦，我将如何？此乃前世因缘，我命该居住此地。汝速回朝廷禀报。'使者无言以对，遂回京一五一十禀报皇上。帝乃宣旨：'此事实出无奈，即使处罚此人，也无法让公主回京。命将武藏国封予竹芝之

1　亦作濑田桥，濑田川上的桥，是联结京都与关东的重要桥梁。

2　一间，此处指两个桥墩之间的长度。

3　《延喜式》记载，从京都至武藏需十五日，反之则需三十日。七日七夜就能抵达，以表现此人行走如飞。

4　此处仍然说卫士飞跑之快，别人看不清楚他背着什么东西，只闻到公主衣服上发出的一股香味。

男人，一生无须向朝廷交纳年贡赋役。公主居住此地。'乃在此处营建住宅，豪华如皇宫，供公主居住。公主等去世之后，成为寺院。公主所生之子，以国为姓，姓武藏。此后，宫中之燃火卫士便由女子担任。"

终日穿行于芦苇、胡枝子茂盛之山野，于武藏与相模[1]之国境，来到"あすだ"[2]河边。昔日在五中将[3]曾在此吟咏"凭问……"[4]。中将家集记载，此为"隅田川"。舟渡过河，乃相

1　相模，在今神奈川县。

2　"あすだ"并非在原业平和歌中所说的"隅田川"。"あすだ"位于下野与武藏的交界处，而隅田川则位于武藏与相模的交界处，乃作者记忆有误。

3　在五中将，在原业平，平安初期的歌人，平城天皇的皇子阿保亲王的第五子，与其兄一起被赐予在原姓，任右近卫权中将。

4　该和歌为："既名叫都鸟，应知京都事。凭问心上人，在京可无恙？"都鸟，即蛎鹬。

模国。

"にしとみ"[1]之山峦如屏风画排列，美不胜收，另一面之大海、海滨亦景色优美，波浪拍岸，赏心悦目。

"もろこしが原"[2]海滨沙子洁白，行走二三日。同行者告我："此处一到夏日，瞿麦盛开，颜色深浅浓淡，如锦绣铺地。现已秋末，无法见之。"言虽如此，却见四处零落点缀，委实可爱，却也孤寂。众人云："'もろこしが原'还有瞿麦花，何等有趣。"

----

1 大概是今藤泽市西富一带。

2 大概是今神奈川县大矶一带。

七
足
柄
山

四五日前，开始行走足柄山[1]，树木蓊郁昏暗，令人害怕，渐近山麓，不见天空。树木茂密，难以言状，心头惧怕。宿于山麓，月黑夜暗，忽来三个"游女"[2]。一人约五十岁，一人约二十岁，一人十四五岁。让她们张伞[3]坐于宿舍前面。仆人持火，众人出门探看。对方云："奴为昔日'小秦'[4]之孙。"其中

1　神奈川县足柄下郡的山峦。相模通往骏河的必经之路。

2　游女，此指居无定所、到处流浪的卖艺女子。艺妓。

3　当时"游女"背伞流浪，给客人表演时，张开雨伞，在伞下表演歌舞。

4　"小秦"，似为这一带过去著名的艺妓。

一人长发，刘海美丽，垂贴前额，肤色洁白，容貌俏丽[1]。众人惊叹："收为女仆，着实不错。"其歌声果然清脆高亮，非同寻常。众人皆感激，呼其至身旁，兴趣盎然道："西国[2]之游女，恐未能如此。"游女闻之，即兴演唱"比之难波女……"[3]，眉清目秀，声音圆润。唱毕离去，入阴森恐怖之山中，众人依依惜别，不禁落泪。我幼小之心甚至不舍离开宿舍。

天未拂晓，翻越足柄山。想山中尤觉心惧，无以言状。云自足下流淌。来至山腰，见树阴下长有三处冬葵。众人甚感怜爱："生长于如此偏僻之山间呀……"山中有三条小溪。

1　似指二十岁那个艺妓的模样。

2　西国，指关西一带。

3　即兴的"今样歌"，意为虽然把自己比作难波的游女，其实自己不如她们。表示自谦。"难波"，今大阪市。

《山茶花树上的红腹灰雀》，歌川广重 绘

八
骏
河
之
旅

　　勉力翻越足柄山，停歇关山[1]。前面便是骏河国[2]。横走关[3]旁边，有岩壶[4]。有一四角形巨石，石中有孔，孔中出水，清冽甘凉。

　　富士山在此国。从我生长之国[5]可望其西面。山容为世间之罕见，山色湛蓝，积雪白洁，如在深蓝衣服外罩一件白褂。

1　关山，设有关卡的山。

2　骏河国，今静冈县中部及东北部。

3　横走关，在静冈县骏东郡小山町一带。

4　岩壶，地点不详。

5　指作者生活四年的上总国。

山顶稍微平缓处有白烟升起。夕暮能见火燃。

清见关一面临海，关屋[1]甚多，栅栏直达海边。雾烟袅绕，想来浪高涛涌。此处开阔，眺望极佳。

田子浦[2]浪急，乘舟转游（街道）。

有大井川[3]。河水湍急，颜色白浊，如米粉浓厚融于水中。

---

1 关屋，守关人居住的小屋。

2 大概在今天的田子浦西面，由比、西仓泽海岸一带。

3 大井川，骏河与远江国界的河流。

富士川[1]源自富士山。该地人云："前些年，某人前往某地，天酷热，在河边歇息，只见有一黄色物体从上游漂来，卡在河里。仔细一看，原来是一张废纸。取来一看，黄纸上写有工整的红字。此人觉得奇怪，再看内容，乃是明年各国守任命名单。该国（骏河）国守明年空缺，乃任命国守一人，却又添写另一人，变成任命二人[2]。此人甚为惊讶，将该黄纸晒干收藏。

1　富士川，山梨县赤石山地北部的釜无川与源于关东山地的笛吹川汇合的河流，其源不是富士山。

2　当时有任命中央官吏的司召（秋天）和任命地方官吏的县召（春天）两种。国守任期大国为五年，中国以下为四年。

翌年司召[1]时，各地任命国守与该纸所列名单无不相符。该国（骏河）国守（到任后）不到三个月即亡故，继任者果是纸上所添写之人。确有此事啊。众神今年又会聚集此山（富士山）任命明年之国守。实在不可思议。"

顺利通过"ぬまじり"[1]后，苦于疾病，进入远江国[2]。不知何时翻越小夜中山[3]。因痛苦不堪，终于在天中川[4]边建造临时宿舍，歇息五六日，逐渐病愈。此时已是深冬，河风劲吹，不堪忍受。

过渡口，至滨名桥[5]。（从京都）下上总时，从原木建造的

---

1 "ぬまじり"，地名，位置不详。

2 远江，今静冈县西部。

3 小夜中山，静冈县挂川市日坂与金谷町菊川之间的山路。

4 今天龙川的古称，发源于长野县诹访湖，注入静冈县远洲滩。

5 在今静冈县湖西新居町。在滨名川上架的桥，此河现无存。

桥上过河，如今（桥）无踪影，只好乘舟而渡。此桥曾架于入海口之河上。外海波涛汹涌，入海口乃一片荒沙，沙洲唯有茂密松林，波涛卷岸，浪花如玉，日光映照，五颜六色，波浪如翻越松林树梢，甚觉有趣。

十一　三河

上有"るのはな"坡[1]，极难攀登，筋疲力尽，前面即是三河之国高师滨[2]。唯余八桥[3]之名，却无八桥之实，毫无景致。

宿二村[4]，山中之夜，在大柿子树下搭建宿舍。整夜柿子落在屋顶上，众人拾之。翻越宫路山[5]时，虽已十月底，红叶未

1　今静冈县湖西市新居町一带。

2　今爱知县丰桥市高师滨。

3　八桥，在今爱知县知立市。《伊势物语》记载："至三河国之八桥……因过八座桥，故名。"

4　二村山，大概指爱知县丰明市沓挂町的山岭。

5　宫路山，在今爱知县丰川市。

落，依然如火。

　　寒风未来宫路山，红叶依然红似火。

　　三河与尾张之间的"しかすが渡口"果如其名，（是否过河）令人犹豫不决[1]，实在有趣。

1　和歌所说的"しかすが渡口"是指爱知县吉田川（丰川）的渡口，并非在三河与尾张之间，此为作者记忆有误。因"しかすが"的发音可理解为"虽然如此，可是……"的意思，在和歌里经常用于表示犹豫不决的心情。

《坚田落雁》，歌川广重 绘

十二　尾张、美浓、近江

　　经过尾张国鸣海浦[1]时，晚潮奔腾澎湃，河水涨满。今夜
是否宿此也未能决定，如满潮，恐难以通过，众人皆拼命奔跑
而过。于美浓国[2]境内之墨俣[3]渡口过河，至野上[4]。"游女"闻讯
前来，终宵歌唱，不由得想起足柄之"游女"，倍感亲切，难
以忘怀。

1　鸣海浦，今名古屋市绿区鸣海町的天白川入海口。
2　美浓国，今岐阜县南部。
3　今岐阜县安八郡墨俣町。
4　今岐阜县不破郡关原町。以艺妓著称。

雪花纷飞，天色阴霾，兴趣索然。过不破关[1]、厚见山[2]，在近江国[3]一名叫息长的人家里居住四五日。

此为"みつかさ"[4]山麓，昼夜雨雪交加，不见天日，心情极其郁闷。此后顺利走过犬上[5]、神崎[6]、野洲[7]、栗太[8]等地。琵琶湖水面辽阔，可望见"なで岛"[9]、竹生岛[10]，风光优美。势多桥已坍塌，难以过河。

1　不破关，在今岐阜县不破郡关原町，与逢坂、铃鹿并称三关。

2　厚见山，大概在美浓国厚见郡。

3　今滋贺县。

4　みつかさ，不知何山。

5　今滋贺县犬上郡。

6　今滋贺县彦根市甲崎町。

7　今滋贺县野洲市。

8　今滋贺县大津市。当时是近江国国府所在地。

9　なで岛，似为琵琶湖上岛域，具体不详，疑为"多景岛"或"冲岛"。

10　竹生岛，在琵琶湖北面，岛上有都久夫须麻神社。

宿粟津[1]，于腊月二日入京[2]。闻拟于晚间进城，申时[3]出发，在逢坂关[4]附近，见路边有临时搭建之板墙，丈六之佛像[5]尚未完工，仅露面部。然建此人迹罕至之荒山僻野，佛像表情呆

1　今滋贺县大津市的东南湖岸至濑田川一带。

2　《延喜式》记载，这一段路程一般需三十日。作者从九月三日上路，至京都花费九十天。

3　申时，下午三点到五点。

4　逢坂关，从大津前往京都的途中在逢坂山设立的关卡。

5　此为关寺的弥勒菩萨像，建于宽仁二年（1018），据《扶桑略记》记载，万寿四年（1027）开始供奉。但该佛像高五丈（约十五米）。文中所言佛像高丈六（约五米）。

木。略为眺望而去。

一路经过各地，景色无胜于骏河清见关与逢坂关。天色已黑，抵达三条宫[1]西面的家里。

1　三条宫，一条天皇的大公主脩子内亲王的住所。时年二十五岁，其母为藤原道隆之女定子。脩子于长和二年（1013）居住三条宫。

（京都之家）宽广而荒芜，犹如一路所见深山老林之可怕，难以想象此乃京城之地。（刚刚回京）无法安静，忙乱一通，然马上恳求母亲[1]"寻求物语，寻求物语"。母亲乃拜访奉仕于三条宫的称为卫门之命妇[2]的亲戚，书函请求。命妇甚觉稀罕，

1 作者的母亲是藤原伦宁女，《蜻蛉日记》作者藤原道纲母的同父异母妹。
2 卫门之命妇，女官职称。命妇分为内命妇与外命妇两种，前者奉仕后宫，后者奉仕卫门。卫门是负责宫中各门警卫和伺候天皇行幸的武官，命妇的亲戚在卫门任职。

十分高兴，云：“奴有三条宫下赐之书。”遂将漂亮之草子[1]等置于砚台箱盖内相送[2]。我兴奋异常，昼夜阅读，手不释卷，此后继续寻求其他物语。然京城一带，尚不熟悉，不知何人能为我寻找物语。

---

1 草子，册子。线装书，也指用日文假名书写的物语、日记、歌集等。此处指物语草子。
2 当时习俗，常用砚台箱盖装物赠人。

继母[1]曾仕于宫中[2]，后（为父亲之妻）随同前往（上总国）。
似有种种出我意外之事，不尽如人意，忧苦伤悲[3]，遂携五岁之
幼子离去[4]。继母对我说："汝心善良，此世不忘。"乃指檐前一
株大梅树，云："待梅花开时再来。"言毕而去。我思之日甚，

1　该文底本的藤原定家自注写道："上总大辅，后拾遗作者，中宫大进从五上
　　高阶成行女，孝标朝臣为上总时为妻，仍号上总。"

2　嫁给孝标前，在宫中伺候尚侍威子。

3　指夫妻不和。

4　继母回京后，同孝标住在一起，但不久与丈夫离婚，带着女儿离家而去。

不能自已，常忍声偷泣。不觉过年[1]，盼梅花早开。虽疑虑其能否如约，仍然凝视（梅树），翘首以盼。然梅花盛开，人无音信，思念伤怀，摘花而歌相赠：

一语使我等至今，春犹不忘霜枯梅。

（继母回赠）叙述满怀思绪，（最后）写道：

尚请多等待，梅枝未曾相约人，
不意去探访。

1　治安元年（1021），作者十四岁。

《梅树上鸣叫的鸟儿》，歌川广重 绘

是年春天，瘟疫流行，松户渡月下姿态优美之乳母于三月之一日[1]亡故。肝肠寸断，无心翻阅物语。（一日）终日悲哭，偶见屋外夕阳辉朗映照，樱花尽行凋谢，落红无数。

落花来春尚得见，死别之人尤伤悲。

1　三月之一日，有三月一日和三月上旬两种解释，此处似为后者。

侍从大纳言[1]之小姐[2]亡故。（其夫君）殿之中将[3]痛惋悲戚，时我伤心（于乳母亡故），甚觉哀怜。（我）回京之时，（有人）将小姐书法相赠，嘱我"以此临摹"。书有和歌"深夜如未

1　藤原行成，先任侍从，后任大纳言。与齐信、俊贤、公任并称"四纳言"。多才多艺，尤善书法。

2　侍从大纳言之女，藤原行成的第三个女儿，十二岁嫁给藤原长家，治安元年（1021）十五岁殁。

3　殿之中将，藤原道长的第六子藤原长家。殿，意为掌握实权的人，此处指藤原道长。中将，指长家的职位为中将。

醒⋯⋯"[1]，其后又书一首：

 　　鸟边山谷间，

 　　如见白烟轻袅绕，

 　　此是我化身。

 　　其书清秀优美，阅之潸然泪下。

---

1 《拾遗集》中壬生忠见的和歌："深夜如未醒，其能亲闻杜鹃声，唯听他
 　人言。"

　　母亲见我如此郁闷，于心不忍，为宽慰我心，乃寻借物语等书籍，我心自然舒畅。阅毕《源氏物语》[1]一卷，还思续读，无奈不知向何人求借。（众人）皆未熟悉京都，难以找到。心头着急，暗中祈祷："定然自一卷开始全部阅读《源氏物语》。"家亲[2]前

1　《源氏物语》，日本最早的长篇小说，成书于11世纪初，作者为日本平安时代中期女作家紫式部。现存54卷。

2　指父母亲中的一人。

往太秦[1]宿寺参拜[2]时，（我）别无他求，只祈祷阅读全本《源氏物语》。心想一出（寺院），就能如愿以偿，然未果，终日伤感叹息。有姑（婶）[3]自乡间来，（我）前往拜访，姑（婶）云："出落如此可爱。"亲热待我。（我）临走时，姑（婶）云："送汝何物？实用之物，谅无兴趣。闻汝有想读之书，以此赠送。"言毕，将《源氏物语》五十余卷悉装箱内，此外尚有《在中将》[4]《とほぎみ》《芹川》《しらら》《あさうづ》等物语，装满一袋。我满载而归，欣喜之情，难以形容。

（先前）阅读断断续续，一鳞半爪，一知半解，心头烦躁。现能从头阅读，别无他人，独卧屏风之内，随手取来，聚精会神。此种心情，皇后不换。白昼不歇，夜间醒来，点灯继续，心无二用，终能背诵，（语言情节）烂熟于心。自鸣得意之时，梦见一身披黄色袈裟之清秀僧侣告我云："修习法华经第五

1　太秦，指京都市右京区太秦的广隆寺。

2　宿寺参拜，住在寺院里一段时间虔诚祈祷，称为"参笼"。大概作者也随同前往。

3　此处未明确是姑姑还是婶婶。大概嫁给地方官，任满回京。

4　《在中将》，即《伊势物语》。其他物语，今已失传，不知详情。

卷[1]。"（此事）未告他人，亦不想学，一心专注于物语，心想自己现在貌不出众，然妙龄之时，定能色佳天下，长发光艳，如光源氏之夕颜[2]、宇治大将之浮舟[3]。今思来，实在可笑。

1　《法华经》，即《妙法莲华经》，第五卷是《提婆达多品》，讲述女人往生。

2　夕颜，《源氏物语》（第四回　夕颜篇）的女主人公。原是头中将的情人，后受到光源氏的宠爱。八月十五日夜，与源氏到河原院，被怪物袭击而死。

3　"宇治大将"指光源氏之子薰大将，实际上是光源氏之妻与柏木私通之子，《宇治十帖》的主人公。浮舟是宇治八宫的女儿，同时受到薰大将和匂兵部卿宫的宠爱，十分苦恼，投江自尽，被救起，后出家为尼。

五月初，见屋檐附近盛开的白色橘花飘落。

若无橘花暗香来，时令反常雪花飘。

《一座雪地中的桥》，歌川广重 绘

二十　宅院红叶

　　宅院[1]树木繁茂葳蕤，如足柄山麓昏暗之阴翳密林。十月之红叶，比周围山边更加鲜艳绚丽，万紫千红。然来人道："来此路上，见有红叶烂漫之处。"忽有所感：

　　我家景色佳，

　　秋末红叶胜山边，

　　不比别处差。

1　孝标宅第原是三条上皇的住宅，长宽均约四十丈（约120米）。

二十一　皇太后宫之一品宫

终日心中唯有物语，夜半醒来，亦思此事。忽得一梦，有人告我："皇太后宫[1]之一品宫[2]将捐资于六角堂[3]修挖'遣

1　皇太后宫，藤原道长的次女妍子，三条天皇的中宫。当时为皇太后，年二十八九岁。

2　一品宫，三条天皇的第三公主祯子，后为后朱雀天皇的皇后，生后三条天皇，成为女院，称阳明门院。治安二年（1022）十岁。亲王封位为一品至四品，据《一代要记》记载，祯子内亲王成为一品是在治安三年三月。此处恐作者记忆有误。

3　六角堂，位于京都市中京区六角通乌丸东入的天台宗顶法寺。大殿为六角形，故名。

水'[1]。"我问："为何？"答道："汝亦应信仰天照大神[2]。"我未告诉别人，亦不放在心上，依然如故。思来实觉幼稚。想到每年春天，总要观赏一品宫之庭园。

　　花开且等待，花谢长叹息。

　　春是我家物，观赏宫家花。

1　遣水，引水入庭园。

2　天照大神，神话传说中的皇室祖神，初奉于宫中，后迁于伊势，成为伊势内宫的祭神。但是此处并非指特定的神，而是指自然神。

三月末，因土忌[1]，暂居他人处，见樱花盛开，至今未谢。归来（自家）翌日，吟咏一首，使人送去。

贵宅樱花美，终日看不厌。

春尽将凋谢，毕竟看一眼。

1　土忌，忌讳面对土地神所在的方位建造房屋，如不得已犯忌，家人需暂时移居他处。此处所说大概是作者居住的三条院在进行维修。

二十三　怪猫

（樱花）花开花落时节，总忆起乳母死于此时，黯然神伤。翻阅死于大约同时的侍从大纳言的小姐的书法，更觉悲从心来。五月之一日，读物语至深夜，忽闻一猫柔声啼叫，惊而视之，不知来自何处，甚为可爱。正惊讶此猫自何处来，姐姐道："别出声，勿使别人听见。此猫可爱，养之。"此猫温顺亲昵，躺卧身旁。担心（猫）主人寻找，小心偷养。然此猫不与下人接近，如影随形，对不净食物不屑一顾。猫与我们姐妹寸步不离，相处甚洽。不久，姐姐患疾[1]，家人忙乱，便将此猫置

————————

1　大概不是生病，而是分娩。

于北面之（下人）房间里，不让其进我屋，叫唤不止。离开主人，如此啼叫，本亦自然。此时，姐姐道："猫为何叫唤？让其进来。"我问："为何？"姐姐道："梦见此猫来到身旁，云：'我乃侍从大纳言之女所变。如此亦是前世因缘。二小姐怜我，将我放置身边，然很快又将我置于下贱者之间，实为痛苦。'言毕泣不成声，如高雅秀丽之女性。我猛然醒来，方知此乃猫言，不禁感动。"我听姐姐此言，顿觉感人肺腑。

此后，将猫从北屋抱回，精心喂养。（我）与猫独处时，轻抚其毛，道："侍从大纳言之小姐变成如此，是否告知大纳言？"猫目不转睛凝视（我）脸，娇声啼叫。（我）觉其眼睛顿生变化，似能听懂我话。

二十四　长恨歌物语

　　闻有人持有汉诗《长恨歌》[1]改写之物语[2]，欲借来一阅，然不便张口，乃觅适当时期，于七月七日[3]赠歌一首。

　　昔时今日结姻缘，敢问银河借渡舟。[4]

―――――――――――――

1　白居易的《长恨歌》。

2　《长恨歌》对平安时代的文化影响很大，《源氏物语》从构思、内容到语言都深受其影响。将《长恨歌》改编成物语，大概指的是"绘物语"（画卷）。

3　选择七月七日这一天，是因为《长恨歌》中有这样的诗句："七月七日长生殿，夜半无人私语时。在天愿作比翼鸟，在地愿为连理枝。"

4　此歌先说"七月七日长生殿"，意指《长恨歌》改编的物语，下一句借用七夕牛郎织女相会的典故，表明借书的意思。

（对方）回赠道：

银河相会有渡舟，不吉之事亦忘却。[1]

1　对方回赠的前一句是与作者的牛郎织女典故相应和，然后说该物语有不吉之处，这是指杨贵妃被杀、唐玄宗退位的内容，所以一般不借给别人，但今天把这个不吉也给忘了，破例借给你。

《暮春》，神坂雪佳 绘

二十五　荻叶

　　是月[1]十三日，皓月当空，清辉朗照。家人皆睡，夜深人静。（与姐姐）走到外廊，姐姐凝视天空，道："倘若现在我突然飞走，不知去向。汝将如何？"见我惧怕之状，改言他事，谈笑风生。此时，忽见一辆"先导车"[2]驶来，停在邻家门前。（随从）高喊："荻叶！荻叶！"[3]（门内）无人应答。叫过一阵，（主人）吹笛，笛声悠扬，之后离去。（我咏歌一首：）

―――――――――――――

1　此月，七月。

2　有"先导车"，可见主人身份的高贵。

3　荻叶，一说是贵人的情人的名字，一说是贵人的情人使唤女仆的名字。似为后者，一般随从不直接呼唤贵人的情人的名字，通过女仆转告。

笛声如秋风，荻叶却无声。

姐姐应声也吟咏一首：

未等荻叶答，离去何匆匆。

如此怅然若失，不觉天明，二人方睡。

二十六　火灾

　　翌年[1]四月，（一日）夜半，发生火灾，视为大纳言殿之小姐化身而精心喂养之猫也被烧死。平日呼其"大纳言殿之小姐"，猫似能听懂，应声而来。父亲见之，道："实为罕见，亦感动人。将告大纳言殿。"然遭此不测，实感遗憾悲伤。

1　治安三年（1023），时作者十六岁。

二十七　檐下梅

（原先宅第）大如深山，春花秋叶[1]，姹紫嫣红，胜于周边山色。（新居）狭小，不可同日而语，庭园局促，无树无木，甚觉无聊。却见对面人家，白梅红梅，花团锦簇，清风徐来，暗香浮动，更添对旧居无限眷恋之情。

邻家香风沁心间，怀念旧居檐下梅。

1　春天的樱花和秋天的红叶。

是年[1]五月一日，姐姐分娩后[2]死去。（我）自幼对他人之死，尚感悲伤，（何况亲属骨肉）哀痛凄怆，尤觉悲切。母亲等人皆在（姐姐）亡故之房间[3]里，（我）将姐姐之年幼遗子放置（自己）左右两旁安睡。月光自破旧之木板屋顶漏下，照在孩子幼稚脸庞上，顿觉极其不吉，乃用衣袖遮挡，并将另一孩子拉至身旁。思前想后，悲从心来。

1　治安四年（1024），时作者十七岁。

2　作者的姐姐生有两个女儿。

3　一说安放姐姐灵柩的房间。

诸事¹过后，有亲戚来函云："亡者²曾委托'定请寻找'之物，当时未曾觅得，今日才有人觅得送来，然去者已已，不胜唏嘘。"并随函附来物语《かばねたづぬる宫》³。确如所言，叹息哀婉，（我以）和歌回复：

垂泪写断肠，字迹冰凝固。

回归故里后，无物寄哀思。

（乳母⁴）以歌作答：

此心无可慰，海滨信鸥鸟。

浮世无所恋，离去不留痕。

---

1 指七七四十九日的法事。

2 亡者，指姐姐。

3 《かばねたづぬる宫》(《三宫寻尸记》)，物语，现失传。描写贵族公子三宫与一女子相恋，因避人耳目，女子投水自尽。三宫想寻找她的尸体埋于青苔地下，未果，遂出家。

4 姐姐的乳母。

乳母拜过姐姐坟墓，悲泣离去。我闻之，作歌一首：

已化轻烟留无痕，野地何处觅孤坟？

继母闻之，（作一歌：）

何处孤坟虽不知，泪水引路自分晓。

送来《かばねたづぬる宫》之亲戚亦作一歌：

野地无人家，竹丛无人迹。
孤坟难寻觅，犹闻乳母泣。

兄见此歌，因其当夜曾去送葬，便作一首：

亲眼见白烟，袅绕化无痕。
野地竹丛里，缘何觅孤坟？

二十九　吉野尼

连日降雪，思念居住吉野山 [1] 之尼君 [2]。

吉野山路险，人迹本罕至。

大雪纷纷下，谅无雪中客。

1　吉野山，位于奈良县吉野郡。

2　尼君，出家的女性。"君"是尊称。何人不详。一说姐姐的乳母出家后居住吉野。

《伊势国二见浦》，歌川广重 绘

　　翌年[1]正月之司召，本应有庆贺之事[2]之期待未能如愿以偿。翌日清晨，（与我们一家）同样心情之人来函云："无论如何，此次必得，忐忑不安，以待天明[3]。"并附一歌：

　　钟声惊梦近拂晓，春宵长似秋夜百。

1　万寿二年（1025），时作者十八岁。

2　庆贺之事，指作者父亲菅原孝标被任命为国司。

3　每年正月举行的地方官任命名单公布仪式需要三天。第三天晚上最后决定，翌日拂晓公布。

（我）作歌回赠：

缘何焦心盼拂晓？钟声原不遂人愿。

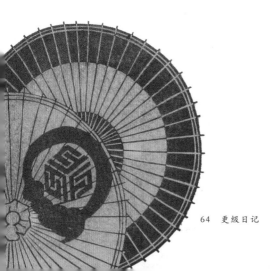

三十一　迁居东山

　　四月末，恰有合适事宜迁居东山[1]。道中所见田地，有的灌水育苗，有的插秧已毕，田畴青青，春意盎然。放眼望去，群山树木茂密阴郁。新居已近，闻秧鸡不停啼叫，黄昏薄暮，不禁惆怅不安。

　　日暮山路深，

　　秧鸡何必再"敲门"，

　　无人来探访。

1　东山，贺茂川东面的丘陵一带。

此处近灵山寺[1]，前往参拜，行走劳累，到山寺之石井[2]旁，以手捧水饮用。有人告我："此水甘洌，多饮不知足。"

（我歌一首：）

深山石间水，

清洌多饮不知足，

古歌早吟咏。

"饮水人"对歌：

古歌咏山井，

捧饮滴落浊清水，

此处最甘洌。

回到（家里），夕阳鲜红，京都方面之景色一览无余。吟咏"滴落浊清水"者言回京都，似有分别痛苦之状。（回京后

1　指东山的灵鹫山灵山寺，正确名称为正法寺。

2　石井，石头圈围的泉水。

翌日）清晨，又赠一歌：

夕阳沉山脊，为汝心不安。

闻（附近寺院）僧侣拂晓念经之声，不由推门探望，却见山脊微明，葱茏幽暗之树梢笼罩一片白雾，树木繁茂，比春花秋叶之时浓密遮挡天空，略显阴翳，兼之近旁树梢上杜鹃婉转清脆，富有情趣。

与谁共欣赏，

山中拂晓景色美，

飞鸟婉转鸣。

（四月）月末，杜鹃在山谷之树梢上清丽鸣唱，沁人心脾。

京城焦急盼杜鹃，此地终日听鸣啭。

同行之人云："京城此时恐亦有人听鸣杜鹃，却有人想象我们在此赏月乎？"乃作一歌：

身在深山无人思，京城众多赏月人。

（我亦作歌一首：）

深夜赏月不思念，但思人在山村里。

正觉破晓之时，忽闻山间传来急促众多脚步声，惊醒一看，原来群鹿来到缘廊前鸣叫。然近处听鹿鸣，没有亲切之感。

秋夜难耐恋妻情，鹿鸣[1]宜从远山听。

又闻有熟人来到附近，未进家门而回，作歌一首：

山边松树未识人，轻风离去尚有声。

八月后二十多日之晓月尤其明媚，山上树木森森，瀑布水声清凉透人心扉。细细眺望，作歌一首：

山间深秋夜半月，等待善解风情人。

---

1 《万叶集》开始，将鹿鸣视为求偶的声音。

三十三　回京

回京之际，迁来时还尽是（秧苗）水田，（如今）已经收割完毕。

　　来时秧田水，

　　去时水稻已割完，

　　山村居亦长。

十月底，重返（山村）停留片刻，只见葳蕤树木尽行落叶，显得萧瑟岑寂，声音优美之潺潺流水亦被落叶掩埋，剩下道道水痕。

　　流水亦断绝，

　　寒风即来吹落叶，

　　冬山实可怕。

　　乃对尼姑[1]言道："倘能活到（明年）春天，一定再来。樱
花盛开时，当首先告我。"然至明春，三月十日过后依然毫无
音信。

　　花开未闻报，

　　莫非彼处花未开，

　　抑或春未到？

———————————

1　大概是东山的尼姑，与作者的关系不详。

《伊豆的山间》，歌川广重 绘

旅行到此，月色优美，屋外修竹，风中摇曳，簌簌作响，辗转反侧，不得安眠。

竹叶簌簌夜难眠，无端愁绪沁心头。

入秋时节，前往别处，歌赠主人：

一路寒露浓，处处皆相同。
唯有浅茅原，秋色最恋人。

　　继母在宫中依然使用（与父亲同在）任职地（上总）之名[1]，与他人婚后，仍以此名称呼。父亲闻知，道："此甚不宜，告之。"乃代父作歌一首赠继母：

　　朝仓[2]殿已旧。

　　闻道如今居宫中，

　　缘何用我名？

1　继母与孝标离异后，入宫奉仕后一条天皇中宫威子，依然称自己为上总大辅。

2　朝仓，筑紫的山名。齐明天皇西征时曾在此地建造行宫，以原木建造。古歌以"原木"暗喻自己。

三十六　心愿

如此漫无边际地遐想以为每日之事，虽也偶尔参拜神社寺院，然不愿如常人那样祈祷祝愿。近来世间之人自十七八岁开始诵经修佛，我对此毫无兴趣。终日梦想"希望有一位身份高贵、俊美风流，如物语中光源氏那样的男子，即使一年一度，与我相会。如浮舟之藏于山间 [1]，观春花红叶秋月冬雪，惆怅忧思，时盼玉函"。此种心愿，定能实现。

1　《源氏物语》故事，薰大将将浮舟藏匿于宇治山中，秘密私会。

　　父亲若有一官半职，我也定能身价倍增。每日如此闲思之际，父亲终被任命为遥远东国之官（介）[1]。父云："数年以来，一直希望任职于（京城）附近，如此可（对汝）悉心照料，偕往任职之地，尽览山光海色。不言而喻，此乃视汝胜于自身之故也。然吾汝皆因前世因缘，此次终去如此遥远之地。（汝）年幼之时，曾携往东国[2]，（吾）身体每有不适，常思倘有不测，

———————

1　底本定家旁注："长元五年二月八日任常陆，六十，女子廿五。"长元五年是 1032 年，时作者二十五岁。常陆国也是亲王任国，"介"相当于国守。

2　宽仁元年（1017）。孝标任上总介，时作者十岁。

舍弃汝于此地，汝将走投无路。地方（之人心）虽然险恶，倘若就吾一人，心情亦能安定，如若偕众多（家属）前往，欲言之事而未能言，欲行之事而未能行，实在为难。如今汝已长大成人，如再携去，（因年老）自身之命尚且不知，（万一不测，汝）流落京城。此世间常有之事，然若抛弃于（遥远之）东国，则成为乡下之人而流离失所。即使在京城，亦无有能收留汝之亲朋。然虽如此，亦不能辞退来之不易之任命。今留（汝）在京，拟与汝作人生辞别。即使如此，亦未给汝适宜之处境，实非本意。"我闻父亲如此日夜叹息，亦将春花秋叶之事忘之脑后，心酸哀戚，然亦无可奈何。

三十八　离别

七月十三日，（父）赴任。自五日前始，（父亲）不进我的房间，定然是见我心里难过。启程之日，一阵忙乱（准备），临行之时，（父亲）掀开（我房间）门帘。两人对视，（父亲）泫然泪下，转身而去。（我）目送（父去），凄恻悲戚，头昏目眩，卧于屋内。留京之仆人送（父亲）归来之时，交我怀纸[1]，上只有父亲所书和歌：

此身倘能遂心愿，秋别之情亦深知。

1　怀纸，折叠起来放在怀里的白纸，一般用来书写和歌、汉诗等。

（我）心悲不能卒读，平素尚能思索拙歌，如今思绪纷乱，不知何云，木然执笔。

从来没有思想过，此生暂与父别离。

（父亲去后）渐无来客，寂寞不安，日夜思念，不知现在何处。因知旅途行程，远念难释，牵肠挂肚，自晓至晚，眺望东边山峦，度日如年。

八月，宿寺参拜太秦。经由一条通[1]前往途中，见两辆男车[2]停于路旁，似在等人。从车旁经过时，状似随从者前来说道：

前去赏花逢见君。[3]

1　由一条大路往西前去太秦。

2　男车，男性乘坐的牛车。车本身并无区别，女性乘坐时挂有帘子等。

3　这是平安时期盛行的短连歌的下句，让对方对出上句。

随行人言："此时不宜不答。"乃简单作答：

莫以千草心，思人去秋野。[1]

答毕，迅即离去。七日参拜，唯念东路[2]，祈念"早日届满，平安回家"。神佛似亦怜我，听我心愿。

1　千草，秋天的各种野草。比喻男人的多情。作者答句意为：不要出于自己的多情，想象我也是去秋天原野赏花的风流女子。

2　祈祷父亲平安到达任职之地。孝标七月十三日启程，此时谅已抵达。

《堀切的花菖蒲》，歌川广重 绘

冬天，终日雨水，入夜后烈风翻云，俄顷云散天开，皓月辉耀。檐下之芦荻风吹雨打，断茎折叶，惨不忍睹。

深冬寒风烈，芦荻枯叶摧零落，

令人忆金秋。[1]

1　父亲秋天赴任，此处指作者怀念父亲之情。

四十一　子忍森林

　　东国（父亲派）人来，携来信函写道："拜神[1]之后，巡视国内[2]，见小河流水之原野上一片广袤森林，风景极佳。最先忆汝，然（汝）未能见（此风景）。问道：'此为何处？'答道：'子忍森林。'[3]（此名）不由念及吾之身世，悲从中来，遂下马，深思良久，沉湎愁绪。作一歌以示情怀：

1　新任国司举行的仪式，选择吉日，到国内神社参拜，奉纳币帛、神宝，祈祷五谷丰登、国泰民安。

2　拜神之后，新国司与前任国司交接，巡视国内，清点官库。

3　位于茨城县笠间市，应为"押边"，孝标错听成"子忍"。

娇女留京城，两地一样情。

见此‘子忍森’，悲绪难自禁。”

阅毕，心情难以言状，乃作歌回答：

闻道“子忍森”，依然留我行。

远如秩父山[1]，东路犹怨恨。

1　秩父山在今埼玉县秩父市，不在常陆。作者以此暗喻“父亲”。

如此无所事事，每日沉湎于空想，然为何不去参拜寺院？

（因）母亲生性守旧，常言："（去）初濑[1]，太可怕。要是在奈良坂[2]遭遇坏人，如何是好？去石山[3]，要翻越关山[4]，太可怕。鞍马寺[5]，那座山，太危险。父亲回京以后，可偕汝前往。"对

1　初濑寺，亦称长谷寺，在奈良县樱井市初濑，新义真言宗丰山派总本山。

2　奈良坂，奈良市北面的山坡，通往初濑之路。山路险峻，且多有强盗出没。

3　石山寺，滋贺县大津市的东寺真言宗的寺院。

4　关山，设有关卡的逢坂山。

5　鞍马寺，在京都市左京区鞍马本町，天永年间（1110—1113）改属天台宗。

我似乎厌烦，不管不顾，后终于勉强带我去清水寺[1]宿寺参拜。当时照例毫无认真祈祷[2]之心情。正是彼岸会[3]，香客拥挤，人声喧闹，不由假寐，似睡非睡之际，梦见一身穿蓝绸衣服、头戴绣帽、足穿麻鞋之僧侣，看似别当[4]，走出帐幕垂挂之栅栏[5]，来到身边，斥责道："不知来世何等悲惨，尚热衷于无聊之事。"言毕，复入帐幕之内。不由惊醒，梦中之事亦不告人，亦不介意，离开（寺院）。

---

1 清水寺，在京都市东山区清水一丁目，属法相宗。
2 平时总是阅读物语，想入非非。"认真祈祷"，指到寺院祈祷极乐世界。
3 彼岸会，每年在春分、秋分各举行三天的法会，祈祷佛道涅槃。
4 别当，总管寺院事务的僧侣。
5 垂挂在佛前的帐幕，内阵（安放菩萨的地方）与外阵（僧侣和参拜者所在的地方）之间设有低矮的栅栏。

四十三　初濑之梦

母亲因未偕我去初濑，乃使人铸一尺之镜[1]，托一僧侣代行参拜。（母对其）言："宿寺参拜三日，托梦询问此女未来之事。"此间，让我素食净身。僧侣（自初濑）归来，道："贫僧祈祷如不托梦，实非本意，何能回京。乃跪拜叩头，虔诚祈愿。果梦见自帐幕现出一端庄秀丽、装束华贵之女子，手持奉纳之镜，问道：'此镜附有（施主）愿文[2]否？'贫僧谨答：'别无愿文，惟让奉上此镜。'女子道：'此实不可思议，应附愿

1　直径为一尺的镜子。

2　愿文，写有向神佛祈愿内容的文书。

文。'又云:'且看镜子此面,里面之人委实悲伤。(女子)潸潸泪下。'贫僧一看,果见镜中之人泪如雨下,痛不欲生。(女子)又道:'见此光景,实在悲伤。且看另面[1]。'却见镜中帘幕垂挂,清新湛蓝,廊檐前摆设屏风,下面露出五颜六色之衣裳底襟,(庭园)梅花、樱花盛开,黄莺树间飞鸣。(女子)道:'见此光景,实在高兴。'"然我对此毫无兴趣,不予留心。

---

1 "另面"也是镜子的正面,只是从另外的角度观看。

《三井晚钟》，歌川广重 绘

四十四　天照御神

　　漠然空虚之际，心中总有人言："祈拜天照大神。"然不知其为何方神佛，至渐懂事，向人询问。告曰："此乃神。居伊势[1]。纪伊国称'纪之国造'即为此神[2]，且为（宫中）内侍所之神[3]。"然伊势之国，何敢祈望，内侍之所，焉能参拜，漫思唯有参拜太阳。

1　伊势，指三重县伊势市的伊势神宫。

2　纪伊国造，指和歌山市秋月的日前国悬宫（神社）的神职家。"国造"是治理地方国郡的职称，大化革新时废除，但祭祀神的家庭保留其姓。本与天照大神不同，但二者混淆。

3　内侍所，即宫中温明殿，供奉有三种神器之一的神镜。"神"为统治神，此处指神镜，一说指守护天皇的守宫神。内侍在此奉仕。

有亲戚者，入修学院[1]为尼。冬日，作一歌赠之：

思君情切泪长流，山风萧瑟吹冬寒。

（尼）回赠一歌：

特意关心见亲情，蓊郁树木夏阴翳。[2]

---

1 修学院，在今京都市左京区比叡山西面山麓的寺院。

2 两首和歌的季节不同，不知何故。

　　任职东国之父亲终于回京[1]，居于西山[2]。（家人）皆迁往是处，得以见面，不胜欣喜。月明之夜，彻夜长谈。因作一歌：

　　如此欢欣日，忽忆分别时，此生不复见，秋风伤我心。

　　父亲涕泪，作歌答曰：

1　孝标于长元九年（1036），任期届满回京。

2　西山，京都市西北部衣笠山、等持院、御室一带。

心愿总难遂，此身竟如何？人生苦烦恼，长命亦欣然。

父亲（离家去常陆时）曾（对我）言"与汝作人生辞别"，当时的确伤心，然如今平安重逢，欣喜之情，难以言表。（父亲）道："感若他人，不顾老衰之身，依然世间为官，实乃愚蠢，吾就此隐居。"父亲之言如觉自己余生无多[1]，（我）闻之惴惴不安。

1　时孝标六十四岁，作者二十九岁。

四十七　西山居所

（西山居所）东面原野辽阔，尽头处自比叡山[1]至稻荷[2]清晰可见，南面双冈[3]之松涛如响耳际，萧瑟苍凉。近处有田畴，直至丘顶，曳板[4]声响，乡村风情，甚为有趣。月明之夜，（景色）尤佳。虽日日赏景，然居家偏远，故人不来。

（一日）忽有人转达友人口信，问候"别来无恙否"，不禁

1　比叡山，在京都东北面，山城、近江两国交界的山脉，上有天台宗总本山延历寺。

2　稻荷，京都市伏见区北面的山，西面山麓有稻荷神社。

3　双冈，在京都市右京区花园，南北并列三座山丘。

4　曳板，用绳子把小板拴在小竹管里，拉绳发出声音以驱赶鸟兽。

吃惊，乃歌一首，（使人）传送。

　　蒙君忆起我，不见足迹来。

　　山间篱笆下，芦荻吹秋风。

《上野清水堂不忍池》，歌川广重 绘

四
十
八

进
宫

十月，（一家）移居京城。母亲出家[1]，虽为一家之人，分居别处。父亲以我为一家之主（妇），自己不与世交，隐身蛰居。（我）觉无依无靠，惶恐不安。有故交之家[2]，闻知此事，言道："闲居在家，无所事事，郁郁不乐，莫如（进宫）。"父亲守旧，以为进宫侍候异常辛苦，乃未予置理，（将我）留居家中。众人皆道："当今之人，皆乐于进宫。""有人进宫后就此一生获得幸福。""何不一试？"（父亲）才勉强同意。

1　母亲于长元九年（1036）九月出家为尼。

2　故交之家，底本注："祐子内亲王，当今第三皇女，母中宫嬉子崩后也，御座于关白殿，号一宫。"内亲王当时两岁，在关白赖通家。内亲王与作者家的关系不详。

四十九　不惯宫家

一夜进宫[1]。里穿颜色深浅不同之菊色衬袍八件[2]，外罩深红绢服。先前一心耽于物语，亦无往来走动之亲友，于古旧之双亲护爱下，观花赏月，别无所事，习以为常。如今一旦进宫，难以置信，不知是幻是真，未至拂晓，即行告退。

（终日居家）田舍心态，常思一成不变之家居生活（比宫中）更能见闻有趣之事，慰藉心灵。一入宫中，实觉腼腆，凄

1　当时祐子内亲王住在赖通的高仓殿，按照惯例，"女房"（贵族的侍女）在夜间进出。

2　菊色衬袍，面白里浅黑红色的衣服。身穿八件，是女房的秋季服装。

然悲伤，然（如今）无可奈何。

　　进入腊月，再次进宫。居于"局"，奉仕数日[1]。时常夜间至上[2]房，卧于陌生人之中[3]，无法入睡。羞愧拘束，背人偷泣。天尚未明，即退回局。终日思念父亲，父已衰老，凡事皆依赖于我，（时常）两相对坐，不胜挂念担心。又忆起丧母之两个外甥女，生后即与我同居，夜间卧睡我之左右。如此沉思，茫然若失。且觉有人偷听偷看，甚觉可怕卑劣[4]。

───────────

1　第一次只进宫一天，这一次开始正式的宫内生活。"局"是在宫中或贵族宅第里供女房居住的房间。

2　上，指祐子内亲王。

3　女房轮流在内亲王居处值夜班。

4　宫中女房对新来之人颇感好奇，站在局前偷听里面动静，从门缝偷看里面情形。作者感觉到表面高雅的宫中，其实是一个充满明争暗斗的阴暗世界。

五十　回家

　　约十日后出宫回家，父母烧炭火炉以待（我）。见（我）下车，父亲泣道："（汝）在家时，亦见人来人往，亦有仆从使唤，然此数日，不闻人声，不见人影，不免感伤悲戚。汝如此奉仕宫中，吾将若何？"见此，我亦伤悲。翌日清晨，父亲又言："今日（家里）内外人多，十分热闹，（与往日）大不一样。"（我与）父亲相对而坐，见其老态孱躯，心想我有何能，不禁热泪盈眶。

　　高僧亦难得梦见（自己）前世之事，何况如我不留鸿爪、心态浮躁之人[1]？然梦见（自己）坐于清水寺礼堂[2]之时，（从寺内）走出一人，看似别当，道："汝前世乃此寺僧侣。汝为佛师[3]，雕刻众多佛像，功德深厚，故转生为人，秉性高于往昔。此堂东面之丈六大佛，即汝所造，然金箔尚未贴完，中道而逝。"我道："这如何是好，由我重新贴金吧。"别当道："因

1　意为自己不修佛道，一心沉溺于物语。

2　礼堂即礼拜堂，跪拜大佛的地方，建于大殿前面。

3　佛师，雕刻佛像的人。

汝逝去，乃请他人贴金，并做供养法会。"（梦醒）之后，如能虔心参拜清水寺，既然前世在此寺念佛修有功德，此后自有好运。然毫无此意，未去参拜。

五十二 宫中之御佛名

十二月二十五日，宫中举行御佛名[1]。以为只有一夜，乃进宫。（女房皆）身着白衣[2]，外套深红绢服，约四十余人奉仕。我隐于介绍（我进宫）者身后，于众多女房之中略一露面，天色未明便告退。积雪扬风，纷纷洒洒，严寒冷峭，晓月残光，

1　御佛名，从十二月十九日起三天，朝廷和各地寺院举行的忏悔灭罪、祈祷神佛保佑的法会。主要是诵读佛名经的仪式，宫中结束后，皇后宫和中宫在她们居所举行。此处指祐子内亲王的佛名会。作者说十二月二十五日，有误。
2　里与面皆为白色的衬袍。

微映深红之衣袖，恰如古歌所咏，泪湿袖上月亮[1]。归途中咏歌
一首：

      岁暮夜消退，袖上残月短。

---

1 《古今集》有这样的和歌："相见更思念，濡湿袖上月亮脸。"

《真间之红叶手古那之社继桥》，歌川广重 绘

　　既已进宫，亦大致适应，然世事纷扰，趁尚未被人视为怪癖之时，自然亦与其他女房一样，受到（中宫之）关怀照顾。然不知双亲出于何意，不久（让我辞退回家）蛰居。我虽曾进宫，亦不能立即得势，本以为（进宫）无聊枯燥，其实（与想象）大相径庭。不禁自言自语，遂成一歌：

　　采摘水田芹，不知多少遍。
　　满怀真诚意，心愿未实现。

五十四　现实之心

　　此后杂事[1]繁忙，物语之事，全然淡忘。心情为之一变，认真思想现实。缘何长期无所事事，虚度光阴，既不修行佛道，亦不参拜寺院，沉迷于幻想[2]，此等异想天开之事世上岂有？世上岂有光源氏？薰大将藏于宇治（山中）之浮舟亦无其人。我之心何等狂热，又何等愚蠢。我虽深思反省，祈愿自此认真度日，然未能彻底。

1　杂事，一说指作者结婚。
2　指沉醉于物语世界的幻想。

五十五　博士命妇

初次进宫所在[1]之其他女房亦不知我因杂事蛰居在家之事，（内亲王）时常召我进宫，且言"让年轻者[2]进宫"。无奈只好让其进宫，我也随之。然先前漫无边际之幻想心绪[3]荡然无存，虽随年轻人时常进宫，却既非惯于宫中生活之老女房，凡事沉着稳重，亦非新女房，自然无年长老女房之待遇，若客人女房被他人疏远，不知如何是好。然亦无须以此（进宫）作为唯一

1　指祐子内亲王家。

2　年轻者，指作者的两个外甥女。这一年为长久二年(1041)，作者三十四岁，大外甥女十九岁，小外甥女十七岁。

3　指物语世界般的幻想。

依靠[1]，即使有受宠胜于自己之人[2]亦不羡慕。反而心态平静，适当进宫，与闲暇之老女房聊天，无论吉庆之时，兴趣盎然游玩之时，均不愿抛头露面。因并非完全之女房，诸事小心谨慎，不深介入，一般风闻而过。陪同内亲王参内[3]之时，晓月明亮，心想我所祈祷之天照御神定在内里[4]，借此机会前往参拜。四月时节，月色清亮，悄然进宫，博士命妇[5]乃（昔日之）交友，于神前灯笼微光之下，一副神圣庄严之老态，然依然（对我）侃侃而谈。其姿态恍若并非世间之人，乃神灵现身。

1　一说指作者结婚已有丈夫。

2　指别的女房。

3　陪同祐子内亲王去天皇居住的宫殿参拜。底本的定家旁注云："长久三年四月十三日，宫达入内给。藤壶储飨。十四日主上渡御。廿日两宫自内令出给。"两宫，即中宫嫄子的女儿祐子内亲王（五岁）、禖子内亲王（四岁）。

4　指别人告诉作者天照御神"为（宫中）内侍所之神"。内里是天皇住所的宫殿。

5　内侍所即温明殿，原先由内侍照管，后改由命妇照管。博士命妇是内侍司的最高命妇。

翌日晚，月光清皓，打开藤壶[1]东厢之门，与众女房一边闲聊一边赏月之时，忽闻梅壶女御[2]（进殿）参拜（天皇）之声响，典雅优柔。众女房言："若中宫[3]在世，亦会如此参拜（天

1　藤壶，宫中五舍（飞香舍、凝花舍、袭芳舍、昭阳舍、淑景舍）之一飞香舍的别名，位于清凉殿北面，以壶（院子）里植有藤花而得名。嫄子生前曾居住于此，所以内亲王进宫也住在此处。

2　梅壶女御，后朱雀天皇的女御藤原生子。生子女御是内大臣教通的女儿，长历三年（1039）闰十二月成为女御，因住在梅壶（凝花舍的别名），故称。女御之名始于桓武天皇时代，为摄关家的女子，后一般成为皇后。人数不限，多以所居住之殿舍命名。如弘徽殿女御、宣耀殿女御、藤壶女御等。

3　中宫，指故去的祐子内亲王的母亲嫄子。

皇）。"闻之实为感伤，乃歌一首：

　　天门上云居，[1]

　　闻声参拜是他人，

　　月恋昔日宫。[2]

1　天门，比喻通往天皇所在的清凉殿的大门。云居，比喻皇宫。

2　月，作者自喻。昔日宫，指故去的嫄子中宫。

入冬，既无月光，亦不降雪，然星光灿烂，夜空一片明亮。与关白[1]家之众女房闲聊，不觉天明，各自散去。（我）正要离开，（一女房）咏歌于我：

无月无花寒冬夜，沁入心扉何怀恋？

1　关白，指藤原赖通。掌握政治实权，祐子内亲王多住其家。赖通为藤原道长的长子，自后一条天皇起辅佐三代天皇，历任摄政、关白、太政大臣，世称宇治殿。

我亦同感，情绪相通，甚觉有趣，乃和一首：

寒夜袖上泪未融，唏嘘涕泪到天明。

《武藏国隅田川雪之朝》，歌川广重 绘

　　躺卧于宫前[1]，闻水鸟浮于池上，一夜拍打翅膀，不绝于耳，无法入眠，乃低声自吟：

　　水鸟亦似我，一夜抖落身上霜，
　　浮池难安眠。

　　睡于身旁之人闻之，和歌一首：

1　晚上在祐子内亲王身边值班。

自比水鸟眠，抖落毛上霜。

偶尔尚厌烦，何况我经常。[1]

---

1 其意说：你偶尔值一次夜班，就自比水鸟，无法入睡，感到厌烦，像我这
   样经常值夜班的人又该如何呢？

亲热交往之女房敞开局[1]之两边拉门，闲聊物语度日。一日，同样亲热交往之友人在上房[2]，（我）去唤其回来。对方道："如定然要我去，我就去。"（我）忽见枯干芒草（，吟咏一首）：

冬天芒草枯，

衣袖疲累难召唤，

无穗任风吹。[3]

1　局，宫殿里的长条屋，用拉门隔开作为女房的居所。

2　上，指祐子内亲王。上房，即内亲王的房间。

3　此歌意为：我犹如冬天枯干的芒草，没有穗，只剩下茎，使劲召唤你，连衣袖都已经疲累，可是你没有回答，随你的便吧。

应对上达部[1]、殿上人[2]之女房似有一定之规定（资格)[3]，不惯（进宫）之乡下人[4]自然不得而知。十月一日[5]左右，

---

1 上达部，三位以上的贵族和四位的参议。亦称公卿、月卿。

2 殿上人，允许登上清凉殿的四位、五位贵族和六位藏人。亦称上人、云上人、云客。

3 出来应对上达部、殿上人的女房都是从女房中挑选出来的具有教养的佼佼者。

4 乡下人，作者自指。

5 长久三年（1042），时作者三十五岁。

暗夜，闻僧侣诵读不断经[1]，声音美妙[2]。乃（与另一个女房）二人来至门口，边听边聊。却见一人[3]进殿，同伴道："特意召唤在局之女房上殿实在丢人，可不必置理。此时宜随机应变，且待此处。"我在一旁听此言，却见（进殿人）沉着稳重，优雅潇洒（前来）。（我）问同伴："此为何人？"来人不似世间无礼好色之徒，细细道来人生无常之理。使我的确无法退回局里，与同伴不时应答。来人道："还有吾不识之人。"好奇视（我）。（我）无法退下，只觉夜色漆黑，星月皆隐，且秋雨降落，敲打树叶，情趣盎然。（来者）道："如此夜色，更觉优雅，月光明亮，反觉不便，定然羞涩。"

谈论春秋（孰优）之事，（来者）道："观四季之景色，春霞绚丽，暖畦天空，月色朦胧，光流天际。闻琵琶轻缓弹奏风香之调[4]，沁人心扉。金秋之际，月色皓明，虽有薄雾轻漫，月

1　在内亲王居住的关白赖通住所的高仓殿举行诵经仪式。不断经，为祈祷死者冥福，在死后十七日、二十七日、三十七日等由十二个僧人昼夜轮流诵读《法华经》《最胜王经》《大般若经》等经文。

2　当时读经不仅包含宗教的含义，还有对音乐的欣赏。

3　此人为源资通，宇多源氏、播磨守源济政的长子，时三十八岁，擅长琵琶、古琴、笛子，精通和歌。

4　风香调，琵琶的二十六调之一，曲调华美，为当时人们所喜爱。

光依然澄莹，触手可及，风声萧萧，虫声唧唧，汇聚一片秋情。若闻古筝清脆，横笛悠扬，如感春意融融也。虽有此般韵味，然冬日寒彻天穹之夜，大雪纷飞。俄顷月出，寒光映照积雪，相互辉耀，筚篥凄凉哀怨，顿忘春秋之情趣矣。"且问道："汝们喜欢（春秋）何季？"（同伴）回答秋季，（我道）不完全一样，以歌答之：

淡绿丛中赏樱花，一轮朦胧春夜月。

（来者）反复吟咏，道："汝似舍弃秋夜。"（更）吟咏一歌：

今宵此后倘存命，春夜且作思君物。

喜欢秋季之同伴亦吟咏一首：

二人倾心皆芳春，唯我独赏金秋月。

（来者）甚感兴趣，似乎难以断定（春秋）孰好，道："唐土[1]自古难以断定春秋孰优孰劣，二人如此判断，谅必心中定有缘由。我心随之倾倒，倘有或悲伤或有趣之事，天色花月，自会沁入人心。愿闻二位如此判断春秋之缘由。冬天之月自古视为毫无情趣，且天寒，无人特地观赏。然（前年我作为）斋宫[2]御裳着[3]敕使[4]去伊势，（事毕）欲于拂晓回京，见数日来所降积雪映照月光，因思行旅艰辛，不免担心，乃（向斋宫）辞行。其住所确与世间不同，兼之精神作用，竟觉威严可怕，然让吾进入（与吾身份相应之）华美房间，一自圆融时代开始奉仕（斋宫）之女房[5]严肃古板，（对吾）讲述古老历史，时而动容落泪。且将弦已调毕之琵琶（自垂帘内）递出（给吾）[6]，思

1　唐土，指中国。

2　斋宫，历代天皇即位时，都依照占卜决定，把一位未婚的公主送到伊势神宫奉仕，称为斋宫。后一条天皇的宽仁二年（1018）送往伊势神宫的斋宫是村上天皇的皇子具平亲王的第三个女儿嫥子女王，当时十四岁。

3　御裳着，女子的成人仪式，第一次穿成年女子的服装"裳"。嫥子女王的御裳着仪式在万寿二年（1025）举行。

4　资通作为敕使奉送"裳"先行前往伊势。

5　该女房在伊势神宫奉仕圆融、花山、一条、三条、后一条五代天皇的斋宫。自安和二年（969）的章明亲王之女隆子女王起，经规子内亲王、济子女王、恭子女王、当子内亲王，至嫥子女王，奉仕五十六年共五代六位斋宫。

6　资通善乐器，这是让他弹奏琵琶。

之犹如世外之事。不禁惋惜天渐破晓，甚至忘却回京。故此每逢冬夜降雪，便勾起往昔之思念，乃怀抱炭炉，定坐屋前，观赏（景色）。汝们评定春秋优劣，定有道理。（吾）自今夜起，每逢暗夜秋雨，定然感受殊深，不亚于（昔日）斋宫（居所）之雪夜。"言毕离去。

我思（此人）不知（我为）何人，然翌年[1]八月，（我陪同内亲王）入宫之时，殿上终宵赏玩管弦之乐。（当）时不知此人[2]亦来伺候，当晚便在局里待至天亮。推开细殿[3]之拉门，向外观望，却见月色幽微，若有似无，颇有情趣。

（殿上管弦已毕，众人散去，）闻脚步声渐近，杂有读经[4]之声。读经人站立（我的）拉门旁，与我搭话，听闻（我）回答，忽然忆起，道："秋雨之夜，片刻未能忘怀，时在思念之中。"当时不便多言，乃作歌一首：

---

1 即长久四年（1043），时作者三十六岁。

2 指资通。

3 细殿，与殿舍相连的细长走廊，或是殿舍后面、侧面的带屋檐的走廊，多隔开作为女房的局。

4 朗声有节奏地诵读经文，互相比赛。

缘何如此常思念？

秋雨落叶偶然过。

　　歌未咏毕，众人纷至，只好回身局里，当晚退出（宫殿）回家。（此男子）向（去年与我一起之）同伴打听，后闻曾有答歌[1]。又闻（该女房）言："（此男子）道：愿于如同昔日秋雨之夜，（为我）弹奏其所记忆之所有琵琶曲调。"我亦愿闻（其琵琶之音），一直盼此机会，然终无缘。

　　春日[2]，恬静之傍晚，闻（此男子）上殿[3]，乃与（秋雨之夜之）同伴膝行[4]而出，却见帘外均是参见之殿上人，里面则是应对之女房，只好中途返回，退入（局）内。那人大概亦如此思想[5]。于宁静之日暮时刻进入（殿内），却（不意）如此嘈杂，只好返回。（我）作歌一首：

1　资通对作者和歌的回答，但作者没有记载。

2　指长久五年（1044）春天。时作者三十七岁。

3　指资通拜访祐子内亲王的东三条院。

4　当时女性大概身穿长襟衣服，无法起身跑动，在室内经常膝行。

5　推测资通大概也和自己一样，碍于人多眼杂，不便和自己打招呼。

划船鸣门浦，只为望加岛。跪行拉门外，此心汝知否？[1]

　　无限思念，藏于心底。此人秉性真诚，古板正经，与世间男人不同。终亦未问"此人彼人如何"，岁月流逝。

1　加岛，在摄津国，今大阪市淀川区加岛一带。鸣门，在淡路岛。加岛和鸣门系双关语，意即门户，指拉门。"划船"也是语义双关，含有"焦急渴望"的意思。因鸣门风浪险恶，寓意"冒着危险"。汝，指资通。

《蓑轮金杉三河岛》，歌川广重 绘

如今对昔日无聊空幻之心深感后悔，而父母亲不偕自己参拜神社寺院自然觉得应受责难。今唯思以富裕之身份，将年幼之子培养为理想之材[1]，使仓廪殷实，连来世亦获得幸福。霜月[2]二十日余，参拜石山寺。雪花飘落，途中景色，亦觉有趣。望见逢坂关，不禁忆起昔日过关之时亦为冬天[3]，狂风吹袭，亦如

1　此处作者第一次表明自己已经结婚。其夫橘俊通于长久二年（1041）任下野守，所以家庭生活比较富裕。生有儿子仲俊和女儿。

2　指宽德二年（1045）十一月，时作者三十八岁。

3　二十五年前，宽仁四年（1020）十二月，作者随父亲孝标从上总国回京都时路过逢坂关。

先前。乃歌一首：

又见逢坂关，

狂风阻挡人莫进，

风声昔日同。

见关寺[1]建造雄伟，自然忆起当年尚未完工、仅露面部之佛像。岁月荏苒，不禁感慨万端。

打出滨[2]一带景色，与先前无异。日暮时分，抵达参拜之寺[3]。先下斋屋[4]，（沐浴斋戒）然后上堂[5]。寂静无人，唯山风呼啸，令人害怕，乃停止参拜，不觉假寐，梦见一人告我："从中堂接受麝香，应立即告知彼人。"[6]顿时惊醒，方知是梦，心

---

1 关寺，位于逢坂山东面，在今大津市，后一条天皇万寿四年（1027）沙门延镜创建，现无存。

2 打出滨，滋贺县大津市松本、石场附近琵琶湖湖岸的旧称。

3 当时早晨从京都出发，需一天时间才能到达石山寺。

4 宿寺参拜者沐浴斋戒的地方。

5 指大殿，供奉有如意轮观音菩萨。

6 中堂，即大殿，特指比叡山的根本中堂，此处不知是指比叡山还是石山寺的大殿。此梦何意不详。

想定是吉梦，乃参拜（终宵）至天明。

翌日依然大雪纷飞，与平素在宫家亲切交谈之同伴 [1] 诉说心事，慰藉不安情绪。三日宿寺参拜后离去。

1　指平时在祐子内亲王家关系不错、一起前来参拜的女房。

翌年 [1] 十月二十五日举行大尝会 [2] 之祓禊 [3]，热闹嘈杂，我却为参拜初濑先沐浴斋戒 [4]，于此日离京上路。众亲友皆云："（大

1　永承元年（1046），时作者三十九岁。

2　大尝会，天皇即位后第一次将新谷供祭天地神灵的仪式。天皇亲自尝食，亦被称为新尝祭。一代天皇只举行一次。

3　祓禊，举行大尝会之前，天皇到贺茂川净身的仪式，在十月二十五日进行，观看者人山人海。

4　为参拜长谷寺，于一周前开始沐浴斋戒。初濑，指位于奈良县樱井市初濑的长谷寺。

尝会乃）一代（天皇）唯有一次之盛会，乡下人都来观看[1]。（参拜长谷寺）时日甚多，（偏偏）故意选择此日离京，实在心绪狂乱，必为后世众人所非议。"兄弟[2]更是为此气恼，然孩子之父[3]道："去否凭汝自定。"（夫）任从我意，其心实在难得。随从中亦有人欲（留京）观看祓禊，我虽觉歉疚，却道："观此祓禊有何益？此时前往，正是显示参拜之诚意，（神佛）定能知晓我等之诚心，必能得到神佛之恩德。"是日拂晓离京上路，经过二条大路[4]时，我等一行前头手持供灯[5]，身着净衣[6]，与众多前去高台[7]之骑马者、乘车者、徒步者对面而过。众人惊愕，言道："此为何物？此为何物？"更有甚者，嘲笑骂詈。

---

1 举行大尝会之祓禊时，天皇乘轿而来，文武百官随从，众多女官乘车随后，浩浩荡荡，十分壮观，观者如云。

2 兄弟，指作者的兄弟，此处大概是哥哥定义。

3 即作者的丈夫俊通。

4 祓禊的行列经大宫大路往南，再顺二条大路往东，通过京极、三条大路前往贺茂川。所以二条大路十分拥挤。

5 供灯，供奉于神佛前面的灯。

6 净衣，用白布或白绢制作的衣服，参拜神佛时穿着。

7 道路两旁搭起高台，人们站在上面观看祓禊仪式。

经过良赖兵卫督[1]家门前时，主人[2]似已去高台，大门敞开，众人站立门口。有人道："似为参拜寺院之人。时日甚多（，何必今日）。"众皆大笑，唯一人善体人意，认真言道："观看（祓禊）乃一时之兴味，又有何益？如此诚心（参拜），定能得到神佛之恩德。吾等热衷于观看祓禊实在无聊，亦应前往参拜。"

思忖赶路宜在道路明亮之前[3]，（依然）摸黑出发，然为等候落伍者，且待可怕之浓雾稍微消散，乃站立于法性寺[4]大门前，却见乡下进京观看（祓禊）者如流水蜂拥而来，道路难以回避。不谙世事之贫寒幼童见我等（之车辆穿越人群），亦大为惊骇。（我）见之，不禁感叹一路何等受窘，然仍一心惦念拜佛，（不久）至宇治川[5]渡口。

---

1 藤原良赖，藤原隆家的长子，任正三位权中纳言右兵卫督，时年四十五岁。

2 主人，指良赖。

3 作者考虑到自己作为女性前往参拜，应尽量避开观看祓禊的人们，所以趁黑上路。

4 法性寺，位于贺茂川河边，延长三年（925）由藤原忠平创建的藤原氏家族寺院。

5 宇治川，前往长谷寺和大和国的必经之路，在今平等院一带。

然此处亦因众人（为观看祓禊）过河而拥挤不堪，舟人[1]见待渡者不断增多[2]，洋洋得意，卷起衣袖，遮挡脸部，倚靠竹篙，哼唱小曲，装聋作哑，待搭不理，船不靠岸。如此不知何时方能过河，乃眺望四周，忆起《源氏物语》中宇治宫众姬之事，想知道住在何等幽雅之处[3]，此地景色果然优美。终于过河，一入关白[4]之宇治殿，首先想起原来浮舟居住此处。

　　（依然）天色未明出发，人皆困顿，在"やひろうち"[5]歇息饮食。此时，随从道："此非著名之栗驹山[6]乎？日色渐暮，汝等宜各持弓矢。"（我）闻之，心惊胆战。

　　翻越此山，抵达贽野池[7]时，已是夕阳衔山。我道："今夜

1　舟人，艄公。

2　从对岸乘船过来观看祓禊仪式。

3　《源氏物语》描写宇治宫有大君、中君、浮舟三个女儿，她们的故事都发生在宇治。

4　关白，即藤原赖通。宇治殿原为源融的别墅，后成为宇多、朱雀两天皇的离宫，长德四年（998）藤原道长买下作为山庄，后传给其子赖通。作者曾奉仕赖通养女祐子内亲王，被允许进入宇治殿。

5　"やひろうち"似为地名，不详。一说是京都府城阳市字富野小字野路地。

6　栗驹山，宇治西南面的山，当时常有盗匪出没。

7　贽野池，一说是今京都府缀喜郡井手町的地藏池。

宿此。"众人分头寻找住处，却无合适之处，言"寻得一低贱者居住之简陋破旧小屋"，我道："如今无奈，只得借宿。"言"众人皆已进京"[1]，唯有穷困之男子二人留守。此二人当晚无寐，里外进出走动。居住里屋之女佣问道："为何如此走动？"二人答道："有生客借宿，不知底细，倘锅被盗，如何是好？故不得安眠，四处走动。"二人以为我等均已睡熟。（我）闻之，心甚厌恶，亦觉可笑。

翌日清晨出发，经东大寺[2]参拜。

石上神社[3]的确令人感觉岁月沧桑，一派荒凉萧瑟。

当晚宿山边之寺[4]，（疲惫）辛苦，仍然稍许诵经之后，方才睡觉，梦见（自己）来到高雅清秀美女之处，正欲上前，一阵狂风。（美女）见我，莞尔一笑，问道："缘何而来？"

（我）答道："如何才能进去？"（美女）道："汝本应居

---

1 到京都观看袚禊仪式。

2 东大寺，位于奈良市杂司町，华严宗的总本山。因圣武天皇敕愿而建，供奉卢舍那佛。

3 石上神社，位于奈良县天理市东郊的布留町，崇神天皇祭祀灵剑的古老神社。

4 山边，似为天理市井户堂一带。何寺不详。

住宫中。此事可拜托博士命妇。"（我闻之，）心头高兴，自觉（未来）已有保障，愈加虔诚祈祷（神佛）。过初濑川[1]当晚抵长谷寺。（于祓殿）净身后上大殿，打算宿寺参拜三日。是夜，忽闻大殿有人说道："啊，此乃稻荷[2]之杉树枝。"言毕，似有何物扔出，惊觉醒来，原是一梦。

拂晓未明之际，离开（长谷寺），因途中未能歇息，乃于奈良坂[3]之此方借宿人家。此人家亦简陋破旧。（随从）道："此家甚为可疑，今晚不可入睡。倘有不测之事发生，切不可惧怕慌乱。（众人）皆凝神屏息，小心谨慎。"闻之实在恐惧，提心吊胆，一夜捱至天明，如度千秋。终至拂晓，（随从）道："此为盗贼之家，女主人举止甚为怪异。"此日大风，自渡口过宇治川时，（船）靠近竹栅鱼梁[4]。（咏歌一首：）

---

1 初濑川，长谷寺旁边的河流，下游注入佐保川，再与大和川汇合。
2 稻荷，京都市伏见区稻荷山的稻荷神社。二月初午日参拜稻荷神社时，众人都摘折神社的神树杉树枝回家。途中如果树叶枯干，则为凶兆；如果保持新鲜，则为吉兆。
3 奈良坂，奈良市北面通往京都的山坡，当时盗贼经常出没。此方，指靠近京都这一面。
4 用竹子、木柴在河边浅处插成的用于捕鱼的栅栏。

早闻宇治川，

竹栅鱼梁远名扬，

今见轻波荡。

《晨光之下》，歌川广重 绘

六
十
三
　
参
拜
鞍
马

　　时隔二三年或四五年以后之事，如今记录，亦无顺序，看
似修行者之巡山拜寺，其实不然，其间间隔岁月甚长。

　　春天时节 [1]，宿寺参拜鞍马寺。山脊一片霞霭，绰约多姿，
（有人）自山中来，手持些许挖掘之野生芋菜，别有情趣。

　　（参拜完毕，回京）途中，见花尽凋零，风景无佳。然十
月（再次）参拜时，途中山色颇为动人，胜于前次。山边红
叶，如花似锦，铺彩展艳；流水曲折，蜿蜒跳荡，如水晶散

落。抵达鞍马寺之僧坊[1]时，秋雨潺潺，红叶如火，美不胜收。

眺望山景，不觉吟咏：

深山红叶似锦绣，此地秋雨如何染？

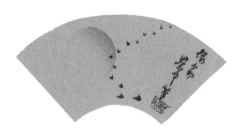

---

1 僧坊，寺院里僧侣住宿的房间，也提供给宿寺参拜者居住。

两年之后[1]，再次宿寺参拜石山寺。终夜大雨，闻旅次之遇雨最为讨厌，乃推上板窗（往外）一看，却见晓月澄明，遍照谷底。所闻雨声，乃山水流过树根之声也。

山涧水声疑雨声，却见晓月分外明。

1　此处不知是指第一次参拜石山寺还是参拜鞍马寺以后的两年。

再次宿寺参拜初濑，比初次尤有自信。（途中）到处均有饮食接待[1]，耽误些许时日。山城之国橡树林[2]红叶鲜艳。过初濑川，忆起往事。

再渡初濑川，

梦中稻荷杉树枝，

1　接待寺院参拜者的地方。

2　橡树林，指京都府相乐郡精华町祝园，观赏红叶胜地。

此次还有否？[1]

　　宿寺参拜三日下山，此次因人数较多[2]，前次所宿奈良坂此方之小屋无法容纳，便于原野上为我临时搭建小屋，随从皆露宿至晓。于草上铺行滕[3]，上铺草席，勉强过夜，满头露水濡湿。晓月晶莹，赏心悦目。

　　京都晓月曾相识，天上随我一路行。

1　意为：第一次参拜初濑时梦见得到稻荷杉树枝，这一次是否也能获得神佛的恩德呢？

2　此次丈夫俊通及儿子仲俊等一起前去参拜。

3　行滕，狩猎、骑马远行时系在腰部以下部位的防护品，多为鹿皮制作。

六十六　万事如意

　　万事皆如人意[1]，如此远离京都参拜寺院，途中虽有甘苦，心灵自得慰藉，精神充实，无烦恼哀叹之事，唯思幼子[2]，早日如愿成长。岁月荏苒，企盼倚仗之人官运亨通[3]，出人头地。

1　此时作者的丈夫俊通的下野守任期已满，一家经济富裕，生活安定。

2　说明除了仲俊之外，还有其他孩子。

3　指作者的丈夫。

先前亲切交往、昼夜互赠和歌之友[1]，其后来往虽不似以往之频繁，然亦尺素不断。自为越前守之妻后，（随夫）赴任，音信中断，终辗转联络，赠歌一首：

此情不绝音信绝，只因越前深厚雪。

友人回赠：

白山[2]雪下小石子，此情如火绝不灭。

1　此人大概是作者奉仕于祐子内亲王家时的朋友，年龄与作者不差上下。越前，在今北陆地区。

2　白山，越前的山脉。

三月上旬[1]，前往西山[2]深处，不见人影，春霞暧暧，山色恬静，唯见樱花盛开，不禁心头岑寂。

　　远离人家山路深，无人前来赏樱花。

1　大概是永承四年（1049），时作者四十二岁。

2　作者的父亲孝标从常陆去京都时，曾在西山小住。大概在西山建有别墅。

《甲斐国大月之原》，歌川广重 绘

夫妻不和[1]，乃宿寺参拜太秦[2]。接（先前在）宫家亲切交往之友人[3]来函，回函时恰闻钟声，作歌一首：

难忘俗世烦恼事，日暮钟声听凄凉。

1　作者幸福的家庭生活似乎也出现了夫妻关系不和的情况。

2　太秦，位于京都市右京区太秦的广隆寺。

3　一起在祐子内亲王家奉仕的女房。

于晴朗优雅之宫家[1]，三知心之友畅谈。翌日无事，忆起（昨日）亲热，甚觉眷恋，乃作歌赠二人。

明知惊涛恶[2]，

一同艰辛泪湿袖。

而今备亲切。

1　指祐子内亲王居住的地方。

2　以惊涛骇浪比喻奉仕宫家的世事艰辛。

一人回赠：

惊涛袭海边，

遍寻海贝无一个，潮湿渔夫袖。[1]

另一人回赠：

倘若无水松，

如此惊涛骇浪间，

无人入海去。[2]

1　意为：每天奉仕宫中，毫无意义，只能备尝艰辛，泪湿袖口。

2　意为：要不是因为能见到您，谁也不愿意到宫里奉仕。

曾如此倾心交谈世间甘苦之知心友人去往筑前国[1]之后，一夜月光如水，忽忆当年亦是如此月明之夜进宫，（与其）相逢，终夜未眠，望月至晓，眷恋不已。沉沉入睡，忽见进宫时与之相逢，如往昔在宫之时亲切交谈，惊醒方知是梦。只见月衔西山，（正如古歌所言）"若知是梦应不醒"[2]，不禁凝视明月。

寄语西行月，告知筑前友：

梦里思君泪，醒来浮寝被。

1　筑前国，今福冈县西北部。大概其夫任筑前国守，随夫前往。

2　《古今集》中小野小町的和歌："梦里逢君心相悦，若知是梦应不醒。"

秋天，有事前往和泉[1]。自淀[2]起，两岸风光旖旎，山川之美，难以言喻。宿高滨[3]（舟中），夜色漆黑，然深夜忽闻摇橹声音，闻之，言是游女。众人皆感兴趣，让（游女之）舟靠拢过来。远处灯光映照之中，（游女）身着长袖单衣，以扇遮（面），婉转歌唱，颇觉有趣。

1　和泉，大阪府和泉市。永承四年（1049）左右，作者的哥哥藤原定义居住在和泉。不知何事前往。

2　淀，今京都市伏见区淀附近，淀川的渡口，从此处可乘船前往和泉。

3　高滨，在大阪府三岛郡岛本町，淀川西岸，水无濑南面。

翌日，日衔西山之时，过住吉海岸[1]。海天相连，薄雾弥漫，松树翠绿，海面湛蓝，波浪荡漾，风景如画，难以形容。

住吉海岸秋色暮，难以言喻此美景。

纤拉舟行之间，景色诱人，前观后顾，不胜眷恋。

---

1 住吉，大阪市住之江区一带的海岸，有著名的住吉神社。现在几乎都已被填海造地。

七
十
三

狂
暴
之
海

　　冬季回京，于大津海岸[1]乘舟，是夜狂风暴雨，雷鸣电闪，岩石摇撼，惊涛骇浪，令人胆战心惊，束手无策，唯待以毙命。将舟拉上陆地，至晓雨停，然狂风依然，无法启航。于忐忑不安之中度过五六日。大风终于稍止，卷起舟中窗帘（往外）探望，却见潮水高涨，前呼后拥而来。河口鹤声尖厉，亦觉有趣。国府[2]众人前来，言道："若当晚出海去石津[3]，定将葬

1　大阪府泉大津市大津川的河口海岸。

2　国府，和泉国的官员。作者的哥哥定义是和泉国守。

3　石津，大阪府堺市石津町。

身海底。"闻之胆战心寒。

　　若在暴风前，启航去石津，

　　葬身狂涛间，如今何处寻？

浮世忧患，诸事小心谨慎，倘若一心进宫奉仕，而今又将如何？（只是）偶尔奉仕，自然一无所获。盛年已过，依然年轻模样（进宫奉仕），终觉不适，且患病日甚[1]，亦无法如愿参拜神社寺院，偶尔之进宫此后断绝，自觉并非长寿之命，然思虑在世一日，终须关照几个幼子[2]，坐卧不安，忧心犯愁。焦心

1　指作者本人患病。

2　长子仲俊是作者与俊通结婚一两年后所生，当时应十六七岁。但在母亲眼里依然还是幼子。

盼望倚仗之人喜庆之事¹，终于秋天有此机缘²，然（地方）未能如愿³，实不情愿，遗憾之至。闻（该地）比父亲任职时数次前去之东国稍近⁴，别无他法，即着手准备，八月十几日，于女儿⁵最近婚后迁入之新居启程。此后之事实不可知，然当时众人聚集，十分热闹。

1　指丈夫俊通当官的喜讯。

2　天喜五年（1057），俊通任信浓守，时年五十六岁。作者五十岁。

3　作者本希望丈夫能在京都附近的地方任职。

4　父亲孝标曾任上总、常陆国守，丈夫曾任下野国守，与这些地方相比，信浓国（今长野县）离京都更近。

5　此人是作者的亲生女儿还是俊通与前妻的女儿，不详。一般认为是后者。

《近江国野路之玉川》，歌川广重 绘

七十五　人魂

二十七日启程，男子随行，身着红色绢服，外罩面黑红里蓝色衬袍之猎装，深紫色花纹裙裤，佩挂腰刀，步行于父后。父亲亦是黑红色裙裤，身着猎装，于中门走廊上马。刚才众人喧闹异常，如今十分宁静。闻（信浓国）不甚远，不如先前（父亲去常陆、丈夫去下野时）担心挂念。送行人们翌日归来，言"一路状态甚好"。又云："今日拂晓，（天空）出现巨大人魂[1]，往京都方向飞去。"我思此乃随从之魂，不以为（丈夫去

1　人魂，人死之后，灵魂离开躯体，化作火球，在天空飞翔。民间传说，见此火球，必有人死去。

世之）不吉前兆。

（丈夫既已上任，）如今（我）一心只想将子女培养成人，别无他念。不意（丈夫）于翌年四月[1]回京[2]，度过夏秋两季。

1　即康平元年（1058），时作者五十一岁。

2　作者的丈夫因病回到京都。

九月二十五日发病，十月五日，如梦而去[1]，肠断魂销，世间之痛，莫过于此。（先前）奉纳一尺之镜于初濑，见镜中之人泪如雨下，正是此事。另高兴之神态，昔日无有，今后自然不可想象。二十三日夜，化为云烟[2]。去年秋天，（长子）华装盛服、前呼后拥，随同前往其父任职之地，（今夜）缁衣素服，随（灵）车悲泣缓行。见此情景，忆起（去岁）景象，悲从中来，不能自已。亡夫魂灵恐亦看见（我）如此惨痛悲叹之状。

1　指丈夫俊通去世，时年五十七岁。

2　指丈夫火葬。

　　倘若昔日不潜心专注于无稽之物语、和歌，而能日夜一心修行，恐不至于遭此俗世无常之难。初次参拜初濑之时，（梦见）有人言："此乃稻荷之杉树枝。"且扔出（树枝）。如就此参拜稻荷神社，恐亦无今日之厄运。往昔梦见有人言："祈拜天照大神"，然只思成为贵人之乳母[1]，住进宫中，依靠天皇、皇后之庇护。以此解梦，无一得圆。唯（梦见）镜中悲泣之人乃（与现实）无异，思来不禁黯然神伤。如此一生，事与愿违，不积功德，恍惚度日。

────────────

1　想成为皇子、公主或贵族的子女的奶妈。

七十八　寄托来世

虽然如此，忧心之事不绝，活于世间，窃思来世定亦不能如愿，惶恐不安，然唯一事尚可慰藉。天喜三年[1]四月十三日夜，梦见阿弥陀佛[2]立于居所之屋檐下。如隔薄雾，不甚清晰，极力注视，从薄雾空隙间看见莲座高约三四尺，佛身六尺许，金光灿烂，一只手伸开，另一只手结印。别人不得而见，唯我得以拜见，然诚惶诚恐，不敢走近门帘旁边观看。佛言："既如此，今日回去，以后来接。"佛言唯我得以闻听，正见他人不能闻见之际，忽然醒来，乃十四日也。唯此梦为我来世之依托。

1　天喜三年（1055），作者四十八岁，丈夫死去三年之前。

2　作者参拜的长谷寺、石山寺、清水寺供奉的都是观音菩萨，此时出现西方极乐世界的教主阿弥陀佛，说明作者开始信仰来世的极乐世界。

七十九　漆黑姨舍山

　　有外甥[1]（与我）同居，朝夕相处，如此悲恸之事[2]后，各自分居，（家中）罕有人至。（一日）黑夜，外甥六郎来访，甚觉稀罕，低吟一歌。

　　无月漆黑姨舍山[3]，今宵缘何忽来访？

1　外甥，此处第一次出现。作者的姐姐的孩子都是女孩，所以外甥可能是哥哥定义的孩子，也可能是异母弟弟基圆的孩子。

2　指丈夫去世。

3　姨舍山，长野县千曲市的山脉，是著名的赏月地。作者的丈夫曾在信浓国（长野县）任职。

平素亲切交往之友人此后[1]亦无音信,（作歌赠之：）

以为如今不在世，长泪不干犹偷生。

十月，皓月遍照，观之不禁潸然泪下。

涕泪涟涟心昏暗，生辉烨烨月光明。

1　指丈夫死后。

《大和国立田山龙田川》，歌川广重 绘

岁月流逝[1]，忆起梦幻之事[2]，心绪茫然，顿觉头晕目眩，未能清晰记忆。（一家）各自离散，旧居唯余（我）一人，悲戚不安，耽于思虑，夜不能寐。乃为久无音信之人作歌一首：

艾蒿茂盛湿朝露，无人来访我痛哭。

（此人）尼姑[3]，（回赠一歌：）

如此茂盛寻常事，空门杂草更荒凉。

———————————

1　此处年代不详。

2　指丈夫去世。

3　尼姑，不详。

作为日本平安时代的女性日记文学选集，《日本古典女性日记》由《蜻蛉日记》《和泉式部日记》《紫氏部日记》《更级日记》共同组成，被视为日本古代散文随笔文学的集大成者。

这四本日记体随笔集的作者都是平安时代的才女，她们或多或少地都与当时摄政的藤原氏有亲缘关系。比如，《蜻蛉日记》的作者藤原道纲母就属于藤原氏中最显赫的北家，是《更级日记》的作者菅原孝标女的母亲藤原伦宁女的同父异母姐。贵族出身的她们用文字记录了平日发生在各自身边的事，尘世间的悲欢离合在四季轮回中起伏摆动，连同那些爱恨情仇都留在了字里行间为后人感怀。

《更级日记》成书于十一世纪中期，是菅原孝标女在晚年以日记体的形式，记录自己从十三岁至五十二岁之间近四十年的生活。与《蜻蛉日记》记录作者与兼家婚后二十年爱怨交叠的生活，《和泉式部日记》记录作者的恋情发展，以及《紫氏部日记》记叙作者在宫中的见闻与感受不同，《更级日记》显得更为平凡而清雅，没有轰轰烈烈的大悲大喜和戏剧化的不寻常转折，有的只是一位老妇在年过半百之际，对自己生命体验的追溯和回忆。

少女时期的菅原孝标女爱做梦，尤其是从接触《源氏物语》开始，她便陷入了物语的世界而无法自拔，好不容易求得各种物语更让她日夜不寐、手不释卷，"心想自己现在貌不出众，然妙龄之时，定能色佳天下，长发光艳，如光源氏之夕颜、宇治大将之浮舟"。不经事的少女为书里的世界所"骗"，以为那就是现实——回想到那时的自己，她觉得"实在可笑"。

作者十七岁时，其已婚姐姐过世。二十五岁时，其父只身前往常陆国赴任。四年后，其父回京，就此退休，但其生母已经出家，所以年近三十还未婚的菅原孝标女便从那时担负起照料年老父亲的责任。三十二岁时，她经人介绍成了皇族祐子内亲王的女官。次年，同其父推荐的橘俊通结婚。婚后第二年，丈夫只身到下野国赴任，她又回到内亲王身边当女官，并邂逅贵公子源资通，可是淡淡的恋情也淡淡地不了了之。丈夫回来之后，作者接连生了三个孩子，过起了平淡却安定的家庭生活。直到五十一岁时，丈夫过世。

在《更级日记》中，不论喜悦或悲伤，都是淡淡的，仿佛下在深谷的幽幽小雪，只来得及在屋顶、树梢和大地上轻轻地洒一层白色。年少时，菅原孝标女的心愿是成为像光源氏那样的美男子的心上人；而中年至晚年，她一心只为子求安，并祈求来生的安宁。如果换作当今时代的女性，或许很难理解这种没有太大的野心和抱负，看似一味活在自己的小宇宙里与自然共情，从佛教获得安慰和庇佑的"小女人"姿态。但是，菅原孝标女始终保有清醒的意识，知道自己所希求的为何物。令人印象深刻的是她的诚实与真挚，经历了一番生活的琐碎之后，她认识到书会骗人，书里的世界无存于现实。而人这一辈子有什么真的能和你不离不弃的呢？只有孤独，而且唯有孤独恒常如新。